CB136489

LADRÕES NOS CELEIROS:
AVANTE, COMPANHEIROS!

Nicodemos Sena

LADRÕES NOS CELEIROS:
AVANTE, COMPANHEIROS!

LetraSelvagem

Copyright © Nicodemos Sena, 2018

Grafia atualizada segundo o Acordo Ortográfico da Língua Portuguesa de 1990, que entrou em vigor no Brasil em 2009.

Diagramação: Cesar Neves Filho
Capa: James Cabral Valdana (sobre foto de Sebastião Salgado)
Preparação de texto e revisão: Marli Perim
Foto do autor: Rafael Sena

Prefácio: Leandro Carlos Esteves
Bibliotecária responsável: Adriana Maria Evaristo Martinez de Oliveira (CRB 8/4322)

O logotipo Letra*S*elvagem *foi idealizado a partir de cerâmica Aruak, padrões utilizados nas bordas dos vasos, compilados por Koch-Grunberg em 1910.*

Coleção Sentimento do Mundo - Vol. 5

Dados Internacionais de Catalogação na Publicação (CIP)
(LetraSelvagem, Taubaté, SP, Brasil)

S4741 Sena, Nicodemos, 1958 –
Ladrões nos celeiros: avante, companheiros! / Nicodemos Sena. –
1ª ed. – Taubaté: LetraSelvagem, 2018.
72 p.: il. color. – (Sentimento do mundo, v.5).

ISBN: 978-85-61123-25-3

1. Literatura brasileira - Poesia. 2. Poesia brasileira. I. Título. II. Série.
CDD: B869.1

Direitos desta edição reservados à
Associação Cultural LetraSelvagem:
Praça Santa Cruz da Exaltação, 21, Jd. Maria Augusta – Taubaté-SP/Brasil.
Tel: (55) (12) 3635-3769 / (12) 99203-3836.
letraselvagem@letraselvagem.com.br
www.letraselvagem.com.br

Coleção
VOL. 5
Sentimento do Mundo

DEDICATÓRIA

À memória dos irmãos Lúcio, Jaime e Maria Lúcia Petit, que, com armas nas mãos e um generoso sonho na cabeça, combateram a ditadura militar de 1964, e tombaram heroicamente, sem se render, na Guerrilha do Araguaia (1966-1975).

E a todos os injustiçados do mundo.

***

"A um rio que tudo arrasta, se diz que é violento.
Mas ninguém chama de violentas as margens
que o aprisionam."

BERTOLD BRECHT

ÍNDICE DAS ILUSTRAÇÕES

Prefácio

A FORÇA DAS PALAVRAS EM POESIA

Por Leandro Carlos Esteves *

"De que nos vale cantar, escrever poemas e romances se o manto escuro de uma ditadura militar nos oprime, violenta e mata de fome? De que nos valeria um poema por mais bem-feito que fosse?", perguntava a mim mesmo, ainda jovem, em 1979. Mais valia ter um revólver, deitar abaixo o rei, tramar assaltos e revoluções e escorraçar os mandarins do Brasil...

Pensando nisso, dava os primeiros passos na profissão e vida de militante que durariam os anos que tenho. Fui ao estádio da Vila Euclides, em São Bernardo do Campo (SP), ajudar na cobertura de uma grande assembleia de metalúrgicos que decidiria os destinos de uma das greves mais importantes do período.

Em meio ao vozerio ensurdecedor, ao bulício da aglomeração de milhares e às rasantes dos helicópteros militares, Lula anunciou o poeta Vinicius de Moraes, já perto da morte que o acometeria um ano depois, para que declamasse à multidão revoltosa seu poema "Operário em Construção". Sorri desdenhoso por um momento. Quem ali ouviria um só verso desse poema que — ainda por cima — era longo? Sequer conseguiríamos escutar, por mais que tentássemos em homenagem ao velho e famoso poeta.

O que se deu então surpreendeu o menino e calou fundo em muitos que a partir dali não tiveram dúvidas em abraçar a luta contra a ditadura e fizeram-se militantes. Fez-se um silêncio total. Até mesmo os helicópteros não atrapalhavam mais. Tinha a impressão de poder distinguir uma mosca que voasse perto. A multidão ouviu a voz fraca do cantor prendendo a respiração. Perguntei-me se não seriam assim as ágoras dos antigos gregos em suas assembleias proto-democráticas.

Tive minha resposta. É possível sim ao canto, ao poema e à literatura serem mais fortes que o cão engatilhado de um revólver.

Nicodemos Sena, escritor amazônico que mora no Estado de São Paulo, escreveu esse outro longo poema sobre algo parecido mas não igual ao de Vinicius. Se os versos deste despertavam a consciência de classe, os de Nicodemos apelam à consciência da Nação e à necessidade da resistência como arma política de um povo para se opor, não apenas a uma infeliz atual ditadura, mas contra a rapinagem dos seus recursos.

Nicodemos evoca a ação resistente: "Assim agem os que/ dia após dia/ envenenam o povo./ Assim apregoam/ os ministros da morte./ Mas nós resistimos!"

Na criação de um arraial ou acampamento de resistência, a voz de Nicodemos apela à razão de um povo em movimento: "No atabaque dos jovens/ e na voz das mulheres/ os antepassados nos falam./ Não podemos agir de outro modo./ Resistir é preciso!"

Nicodemos Sena é escritor e trabalhador. Seu primeiro livro publicado, a saga de 874 páginas *A Espera do Nunca Mais*, arrebatou, no Rio de Janeiro, em 2000, o prêmio Lima Barreto/Brasil 500 Anos. Depois desse, seguiu-se a narrativa dos índios amazônicos no romance *A Noite é dos Pássaros* (2003). Mais um romance, dessa vez em prosa incrivelmente poética e imaginativa: *A Mulher, o Homem e o Cão* (2009). E, recentemente, voltou ao seu Estado do Pará resgatando a história de seu pai e povo no romance-crônica *Choro por ti, Belterra!*

Quem escutar esse seu poema *Ladrões nos Celeiros: Avante, Companheiros!* haverá de lembrar-se sempre da força das palavras em poesia.

---

* Leandro Carlos Esteves é escritor, jornalista e historiador formado pela Pontifícia Universidade Católica de São Paulo (PUC/SP), autor de *Anhangaçu, Nada Será Como Antes* (contos, Dobradura Editorial, São Paulo, 2016)

LADRÕES NOS CELEIROS: AVANTE, COMPANHEIROS!

Tenebrosos tempos.
Escarmentosas feridas.
Heras de morte se retorcem
sobre a vida.

Homens maus ocuparam os celeiros.
Gafanhotos infestaram os milharais, mas
sete anos de fartura
anunciam os jornais.

E a Fome, todavia,
com seu cutelo ceifador
e o cavaleiro da sétima praga
recolhem as crianças que não nasceram.

Mas sigamos firmes, companheiros!

Bebamos juntos do cálice dos justos.
De nossas respirações o torvelinho do tempo.
De nossas mentes, redemoinhos.
Dos corações num só sentimento.
Punhos levantados mentes despertas.
A flor da esperança rompendo
o asfalto da intolerância.
E que não reste pedra sobre pedra.
E que se arrastem pra outros cantos
a peste e a ignorância.
E que nos campos do Senhor
floresçam o riso das crianças,
o braço erguido do lavrador,
o largo abraço de um sonhador.
E que façamos hoje
o que já não poderemos fazer amanhã...

Levantemos nossas cabeças,
pois os rojões do inimigo
no dia em que o inocente foi injustiçado
anunciam o júbilo por vir dos humilhados.

Não vos impressioneis, companheiros!
A verborragia da Injustiça
é como a palha seca
que as patas da História
pisoteiam na cavalariça.

Ai das rochas que espremem
o rebelde curso das águas!
Ai do dique construído
com carne e sangue inocentes.
O cinismo e a truculência
dos que soterram sonhos
não serão capazes de conter
os rios subterrâneos...

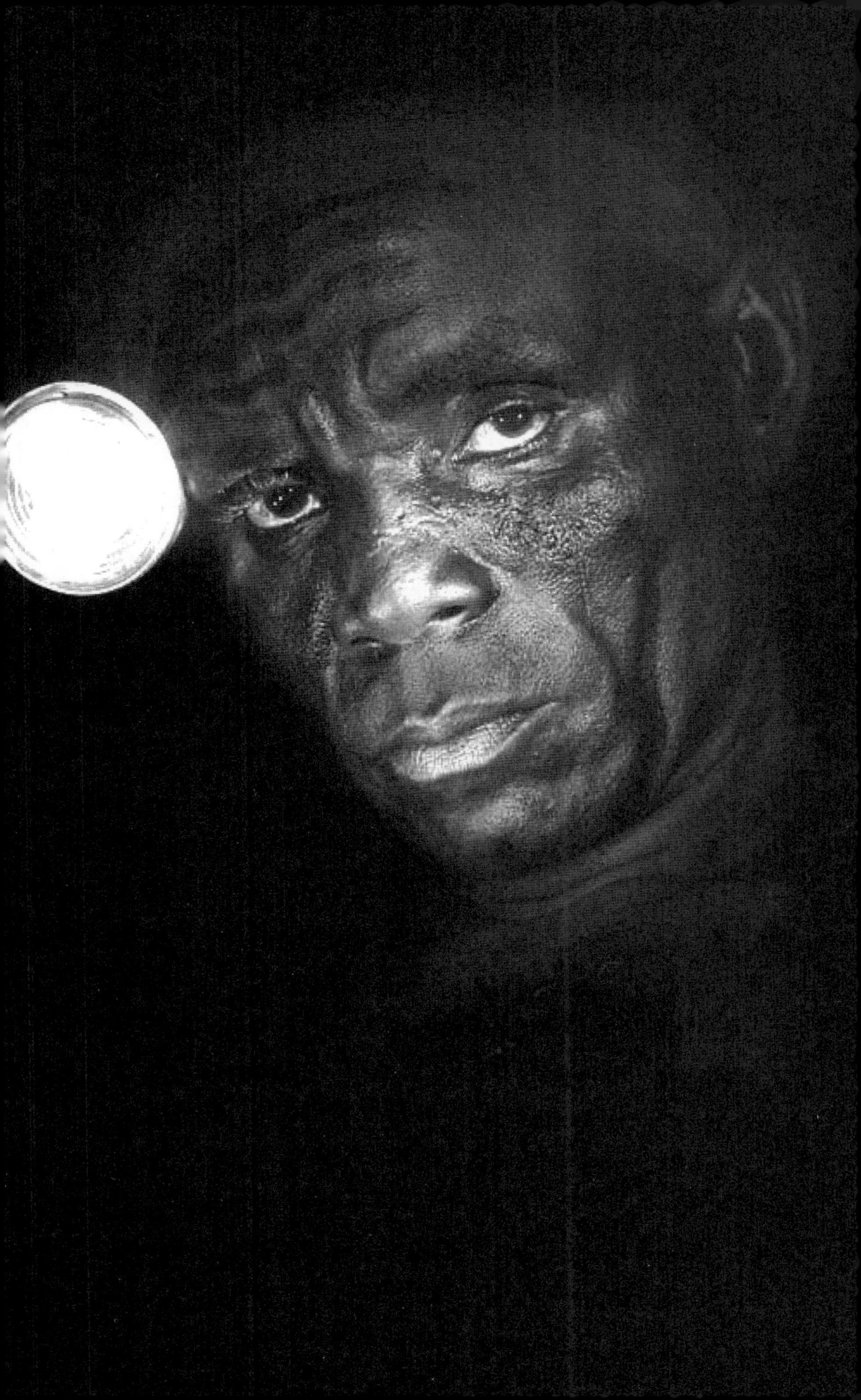

Todos ao campo, companheiros!
Foice nos punhos e sonho no crânio.

Avante, homens!
Avante, mulheres!
Avante, jovens!
Avante, crianças!
Acheguem-se os velhos e os enfermos!
Que ninguém fique de fora da festa
que só está no começo.
A uma só voz cantemos
o hino da esperança
o hino vermelho.
Os dardos do inimigo não calarão a nossa voz.
Nos ouvidos do algoz noite e dia clamam
as vozes dos que tombaram.
Nossos inimigos vão à loucura.
Podem matar o corpo
mas as ideias sobrevivem.
Como pétalas espalhadas pelo vento
são os sonhos gerados no sofrimento.

Que nenhum de nós sinta inveja
do sucesso do algoz.
O algoz se afogará no tonel
do seu próprio ódio.
Que nenhum de nossos pequenos
busque alegria na festa do inimigo.
O banquete do inimigo é regado com veneno.

Ai da falsa testemunha!
Ai do delator indecente!
Ai do juiz venal!
Ai do que defraudou o inocente!
Ai do que em nome de Deus
plantou a semente do Mal.
Não subsistirão à cólera dos justos
e às águas serôdias por séculos represadas.

Sigamos firmes, companheiros!
No passo dos menores
marchemos para a colheita.

Que cada um
assobiando e cantando
vá amontoando os seus feixes.
Pois a chuva e o vento
e os demais tormentos
adocicam as lágrimas do nosso sofrimento.

Avante, companheiros!
A vitória nos pertence.
Firmes de pernas.
Firmes de mentes.
Jamais esquecendo
que a flor da esperança
brotou na lágrima do justo
e no grão de farinha
trazido por uma criança.

Sabe por que nos odeiam?
Porque gostamos de nós por inteiro.
Porque temos aquele orgulho,
que deveria ser de todos os homens,
o de saber que nenhum tirano
brecará o nosso sonho.

Ninguém nos impedirá
de carregar na mente
os ossos dos antepassados.

Corre em nossas veias
o sangue de Zumbi dos Palmares.
A coragem de Tiradendes
tem sido o nosso manto.
A saudade dos que tombaram
tem regado o nosso pranto.
O acalanto das mães
embala o sono dos pequeninos.

Os campos já estão ocupados.
O inimigo plantou armadilhas.
Nas ruas somos apedrejados.
Multiplicaram-se as matilhas.
Na mesa dos ricos
a carne dos pobres é digerida.
Mas, ainda assim, o nosso arraial segue firme.
Os jovens se amam em suas tendas.
Vê-se júbilo nos olhos dos meninos.
As mulheres tecem suas rendas.
Ao recrudescimento do ódio
o despertar da consciência.

“De onde vem essa alegria
curtida no sofrimento?”,
pergunta-nos o vizinho,
que da nossa luta ainda não tem ciência.
Explicamos-lhe com paciência.

Pela estrada seguimos.
Juntos padecemos.
Unidos caminhamos.
Juntos chegaremos.
Sem pressa nem afobamento.

Ai daquele que deixar
uma criança para trás!
Ai daquele que se antecipar
ao enfermo.

Que todos se mirem no justo.

O justo, sem medo,
misturou-se ao povo,
e o povo, sem medo,
seguiu o justo.

O justo se alimentou do povo.
O povo alimentou o justo.
O povo faminto comeu o seu corpo.

O justo e o seu povo.
O povo e o justo: amassados e espremidos.
No lagar, o sangue vertido,
do justo, do povo sofrido,
do sofrido justo.

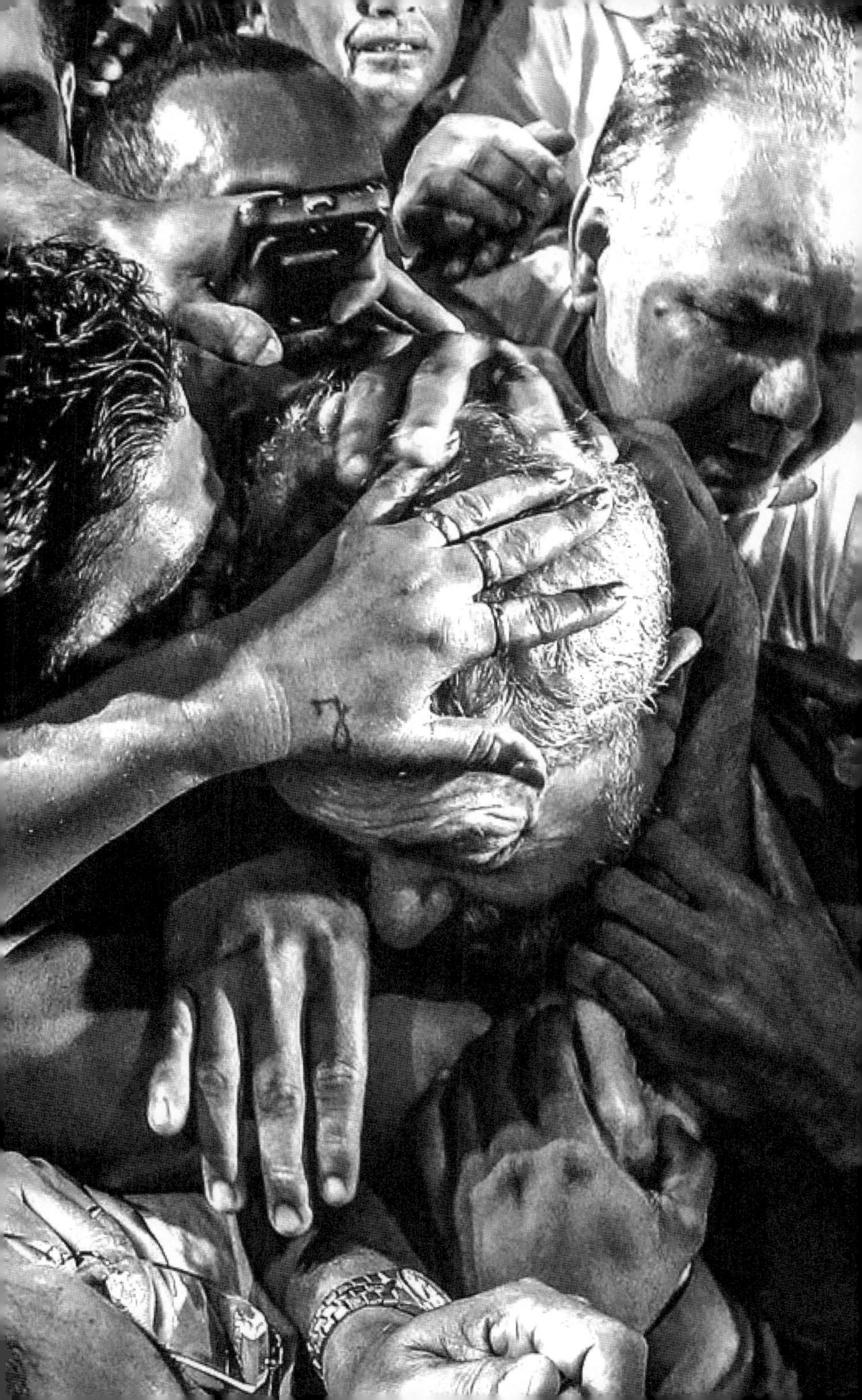

Ai daquele que ferir o justo.
Ai daquele por que há sofrido.
Se arrependerá do dia
em que foi parido.

Ó vedes, companheiros,
com que decência sofre
o justo, o que a dor
carrega do pobre.

Vedes com que leveza
o justo suporta
as nossas fraquezas.
Justo ele, o pequeno,
entre todos o menor,
fez-se enorme, pleno.

Quem ousará contestar
esse homem verdadeiro?
Que louco atacará o guerreiro?

Vã tarefa prender o justo,
pois andará nas pernas
dos que o veneram.

Vã ilusão achar que o calaram.
O pássaro trilará na voz
dos que o ouviram.

Loucos os que pensam
que o tornaram surdo.
Nada impedirá
que o clamor dos romeiros
chegue aos seus ouvidos.

Nenhuma bomba
covardemente lançada
contra o rosto dos justos
fará com que abandonem
seus postos.

Nos olhos
dos justos resplandece
o ensandecido brilho
dos que morreram
sem se render.

O homem mau e seus amigos
prenderam o pássaro livre.
Deixaram órfãos os filhotinhos.
E desentendem-se sobre seu destino.

Já o falso amigo,
pelo justo posto ministro,
mostra seu sinistro rosto
e com os outros "amigos"
disputa-lhe os despojos.

Na gaiola, entretanto,
o silêncio do passarinho
é como canto divino.

O que fazer com esse homem,
coração de menino?
O que fazer com esse homem
que dorme tranquilo?
Abatê-lo no voo
ou asfixiá-lo dormindo?
O que fazer com esse homem
de discurso sereno?
Ministrar-lhe veneno?
Houvesse patíbulo, o enforcariam.
Houvesse desterro, o desterrariam.

O que fazer com esse homem
do tamanho do mundo?
“Com pedra ao pescoço
seja lançado ao fundo.”
Mas ele é maior que o oceano!
“Então, com luz apagada,
morra num calabouço.”

Assim falam
os inimigos do povo.
Assim pensam
os que se venderam
ao inimigo do Norte.
Assim agem os que
dia após dia
envenenam o povo.
Assim apregoam
os ministros da morte.

Mas nós resistimos!

Para nós
não há mais dias nem noites.
O nosso tempo virou um lusco-fusco.
Dentro de nós, as esporas do medo
que nos contrai o ânimo,
que nos transforma em caminhantes trêmulos,
que nos faz tremer que nem varas verdes
nos ventos de setembro.
Mas, lá fora,
onde as feras se encontram,
faça chuva ou sol,
a leste ou a oeste,
no deserto ou sobre as águas,
a boreste ou a jusante,
onde se grita e ninguém responde,
mesmo que não se enxerguem horizontes,
a marcha vagarosa mas firme,
no ritmo dos que não podem ir adiante.

Pensam que nos intimidam,
ó bestas-feras?
Pensam que abandonaremos o justo,
ó aves de rapina?
Vocês já rilham os dentes, malditos.
O olhar de vocês é cúpido e atrevido,
há gosma em vossas narinas.
Mas que ousem tocar no justo!
Avançaremos em bloco, a pau e soco,
e com nossas unhas retalharemos vocês, hienas!
Flechas certeiras,
que chispam de nossas olheiras,
atingirão vocês, ó abutres.
Com as afiadas facas da nossa fala
alimentaremos os cães com as vossas vísceras.

Esta noite, enquanto dormíamos,
o inimigo lançou covardes rajadas
sobre nosso acampamento.
O inimigo é como cão raivoso;
às balas reduziram-se seus argumentos.
O inimigo nos provoca a dor
mas continuamos firmes e serenos
e não retrocederemos,
pois nossa ira é justa,
brota da flor ferida do amor.

Avancemos sempre, companheiros,
ainda que recuemos para tomar fôlego.
Avancemos sempre, homens valentes,
atentos ao que vem trôpego.
O descanso dos nossos guerreiros
é algo sagrado.
De bom grado, ó fortes,
detenham o passo,
para acudir aos enfermos.
Na tenda dos justos
há um cantinho para os estropiados.
No arraial dos justos
os jovens entoam mantras sagrados.
Os nossos antepassados,
que não se entregaram covardemente ao algoz,
que escreveram com sangue o recado
que lemos todas as manhãs,
estão nas canções sagradas.
No atabaque dos jovens
e na voz das mulheres
os antepassados nos falam.
Não podemos agir de outro modo.

Resistir é preciso!

Oh, como é precioso
contemplar a volição da manhã
e a mutação dos crisântemos!

Somos assim mesmo: ingênuos.
"Pouco práticos", comentam os inimigos.
Sempre dispostos a crer no humano,
a presunção de inocência
é inviolável para nós.

"Uns fracos", dizem nossos algozes.
E como fracos nos tratam.
Quanto choro e quanto ódio
ainda escorrem pelos pelourinhos.

Na pátria por vir
não haverá pelourinhos
nem ruas nem caminhos
com o nome de um algoz.
Todos os monumentos
de mármore ou granito
serão derrubados.

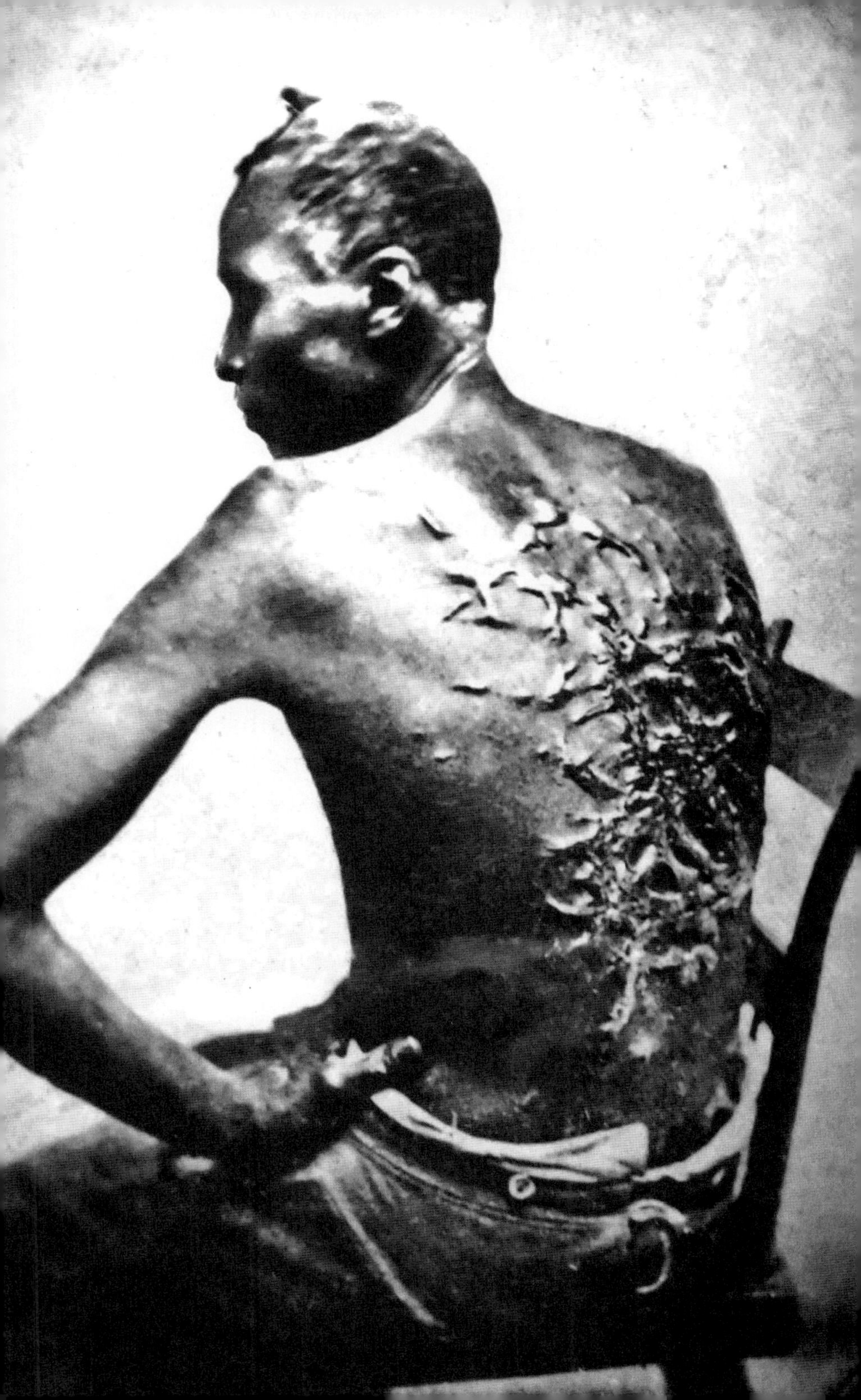

Mas lembraremos juntos
(homens, mulheres, jovens e crianças,
em todas as línguas e etnias,
mudos e falantes)
dos dias em que
nos escravizaram,
para que jamais se repitam.

Estaremos sempre vigilantes
contra a erva daninha dos preconceitos
e a lâmina mortal da intolerância.

Todas as manhãs,
diante do oratório dos que tombaram,
celebremos o pacto com a vida
e escrevamos em nossa consciência
o compromisso inquebrantável
com a LIBERDADE.

Pois, no arraial dos justos,
ai de quem não for LIVRE.
Ai daquele que ousar não lutar
pela sua liberdade e a dos outros.
Ai de quem desmerecer
o imerecido supremo direito.
O único interdito no arraial dos justos
é abrir mão da sua LIBERDADE.

No arraial dos justos
não pode haver servidão voluntária.
Porque nenhuma servidão é voluntária!
A suprema violação
é convencer alguém
de que o mal é um bem.
Ai de quem enganar inocentes!
Ai do depravador de mentes!
Para tal crime não há perdão.

No arraial dos justos
não haverá lugar para o homem mau.
Os celeiros não mais precisarão
de guardas ou chaves,
porque não haverá ladrão.
Sendo tudo de todos,
para que roubar?

No arraial dos justos
há abundância de bens.
No arraial dos justos
todos se fartarão.
No arraial dos justos
há multiplicação dos pães.

Ai daquele
que defraudar a viúva ou o órfão!
Ai daquele
que se apoderar do que é de todos!

No arraial dos justos
todos são responsáveis
pelas criancinhas e pelos anciãos.
Todos compartilham as lágrimas e os feixes.

Vinde sem medo, crianças!
Vinde sem pudor, idosos!
Tragam seus cestos, enfermos!
O quinhão de vocês é sagrado.

No arraial dos justos
a benignidade é um troféu.
No arraial dos justos
quem perde ganha
e quem não pede recebe.
No arraial dos justos
fazer o bem é a recompensa.

Pensa bem, homem mau,
antes de maltratares o fraco.
Cada maldade que lhe fazes
é uma chave que lhe depositas nas mãos.
E chegará o dia
no qual implorarás
ao que humilhaste
que te abra a porta da vida.
E nesse dia
o humilhado te dirá:
“Entra em minha casa, desgraçado!
Pão, carinho e perdão
te esperam sobre a mesa.
Preenche o buraco
que tu mesmo fizeste
em tua pobre alma!”

O homem justo,
condenado sem provas,
em seu catre medita.
“Vocês impedem
o meu corpo de ir e vir;
afastam-me do meu povo,
mas o meu povo
já não precisa de mim.
Meu povo andará
com as próprias pernas
e me levará aonde for.
Vocês me impedem
de falar com meu povo à janela,
mas meu povo todas as manhãs
me saúda com o cântico novo.
Vocês podem eliminar meu corpo,
mas as minhas ideias
já estão gravadas
na mente do povo.
Cada um do meu povo sou eu.
Os poderosos podem matar
uma, duas ou três rosas
mas jamais conseguirão deter
a chegada da primavera.”

Viram, seus tolos?
Terão que prender a nação inteira.
Pois que tentem fazer isso!

Isolado em sua cela,
o justo reclina a cabeça
e dorme tranquilo.
Seu sono
é como plumas ao vento
que seu povo vela.
De manhã, ele sabe
que poderá abrir
os olhos sem medo,
porque a realidade
não lhe será um pesadelo.
Está preso mas não está sozinho.
Em seu catre,
parece pequeno,
mas está sereno.
Não tem dúvida
de que seu povo suportará
a longa e prolongada marcha
através do desespero,
pois lhe ensinou a paz e a ciência
de jamais desistir da caminhada.

Avante, companheiros!

O inimigo tem armadura e couraça
e destila seu fel sobre a massa,
mas já se afoga no tonel
do seu próprio veneno,
e o que lhe parecia pequeno
cresceu diante de seus olhos aparvalhados.

Tenebrosos tempos vivemos.
Heras de morte se retorcem sobre a vida.
Sangue inocente se espalha sobre a terra ferida.
Sem mortalha a morte recolhe suas vítimas.
Com lágrimas o guerreiro colhe os seixos.
Da mãe morta a criança suga os seios.
Mas não podemos esmorecer.
Uma batalha perdemos
e outras ainda podemos perder,
a marcha será longa e sofrida.
Mas a guerra não está perdida.
Ainda haveremos de lembrar
dos tempos da desesperança.
Festa haverá em nossas tendas.
Nômades plenos de consciência,
celebraremos a plenitude dos celeiros.
Restabelecida a inocência,
uma criança será chamada
a assentar-se na mesa dos conselheiros.

Avante, companheiros!

AUTOR E OBRA

Nicodemos (Neves) Sena nasceu no município de Santarém, em 08.07.1958, e passou a infância entre índios e caboclos do Rio Maró, região de fronteira entre os estados do Pará e Amazonas (Amazônia brasileira), experiência que marcaria para sempre a sensibilidade do escritor identificado com a terra e os povos da Amazônia.

Em 1977, vem para São Paulo e aí se forma em jornalismo, pela Pontifícia Universidade Católica (PUC), e em direito, pela Universidade de São Paulo (USP).

Repórter e redator em órgãos da imprensa de São Paulo, retorna ao Pará, em 2000, assumindo o posto de diretor de redação de "A Província do Pará".

Faz a sua estreia literária em 1999, com o romance *A Espera do Nunca Mais*, uma saga amazônica de 874 páginas.

No Pará, proclamou o historiador, folclorista e crítico Vicente Salles:

"Com *A Espera do Nunca Mais*, pela primeira vez temos, na ficção, o caboclo como agente da história, o índio que se destribalizou, que vive entre dois universos que se opõem e se excluem." ("O caboclo como agente da história". *A PROVÍNCIA DO PARÁ*, Belém, PA, 15 mar. 2000)

No Rio de Janeiro, escreveu a poeta e crítica Olga Savary:

"É uma alegria quando nos deparamos com um livro como *A Espera do Nunca Mais*, esta extraordinária saga amazônica, narrada com sedução, seriedade, poesia. Forma e estilo são impecáveis nessa estreia, que nem estreia parece, de tão madura. Uma lição de literatura e de brasilidade." ("Amazonense faz boa ficção com 'anos de chumbo' e choques entre culturas". *O GLOBO*, Caderno Prosa & Verso, Rio de Janeiro, RJ, 3 mar.2001)

Em São Paulo, escreveu o jornalista, professor e crítico Oscar D'Ambrosio:

"*A Espera do Nunca Mais* desafia e devora o leitor desde o início. Feito *sucuriju*, abre sua bocarra e obriga a penetrar num universo denso. Não adianta resistir. Uma vez dentro da boca deste livro-serpente, o destino é conhecer os seus interstícios plenos de um fazer artístico solidamente urdido, elaborado com mãos de mestre." ("Uma extensa e densa aula de Amazônia". *JORNAL DA TARDE*, Caderno de Sábado, São Paulo, SP, 20 maio 2000)

Em 2000, *A Espera do Nunca Mais* conquista o Prêmio Lima Barreto/Brasil 500 Anos, da União Brasileira de Escritores (UBE/Rio de Janeiro), ocasião em que conhece pessoalmente o escritor e crítico Antonio Olinto, da Academia Brasileira de Letras, que sobre *A Espera do Nunca Mais* escreveu:

"Eis um romance que invade a literatura brasileira com a força de um fenômeno da natureza. Trata-se de uma saga amazônica chamada *A Espera do Nunca Mais*. Seu autor, Nicodemos Sena, tem o domínio da narrativa de ação e o talento de criar gente. Seus personagens representam a Amazônia com sua largueza e sua mistura, caboclo e floresta unidos num ecossistema geográfico-humano que retrata a nossa mais desconhecidamente forte região em que o Brasil se firma e se revela. É romance que deve ser lido. Nele, realidade e lenda se juntam com naturalidade. As palavras formam um estilo ínsito à grandeza das paisagens que descreve." (*JORNAL DE LETRAS*, Rio de Janeiro, RJ, jan. 2001)

Em 2002, Nicodemos Sena aparece no *Dossier Amazónico* publicado na revista literária portuguesa "Construções Portuárias" (nº01), no qual foi incluído um trecho do inédito *A Noite é dos Pássaros*, ao lado de importantes escritores da Amazônia, entre os quais Haroldo Maranhão, Max Martins, João de Jesus Paes Loureiro, Vicente Franz Cecim, Age de Carvalho, Jorge Henrique Bastos, Antônio Moura, Paulo Plínio Abreu,

Rosângela Darwich e Benedito Nunes.

De 3 de abril a 31 de julho de 2003, *A Noite é dos Pássaros* é publicado em forma de folhetim, em dezoito episódios semanais, no jornal "O Estado do Tapajós" (Santarém do Pará) e na revista eletrônica portuguesa "TriploV". Ainda em 2003, *A Noite é dos Pássaros* é publicado em formato livro (Ed. Cejup). No mesmo ano, fragmento de *A Noite é dos Pássaros* é publicado nas revistas "Palavra em Mutaçãonº02" e "Storm-Magazine", ambas de Portugal.

Ainda em 2003, *A Noite é dos Pássaros* conquista o prêmio Lúcio Cardoso, da Academia Mineira de Letras, e, em 2004, Menção Honrosa no prêmio José Lins do Rego, da União Brasileira de Escritores (UBE/Rio de Janeiro).

Nicodemos Sena é nome reconhecido dentro e fora da Amazônia, tornando-se verbete na *Enciclopédia de Literatura Brasileira*, direção de Afrânio Coutinho e J. Galante de Sousa (edição conjunta da Global Editora, Fundação Biblioteca Nacional, DNL, Academia Brasileira de Letras, 2ª edição, 2001). Carlos Nejar, da Academia Brasileira de Letras, incluiu Nicodemos Sena em sua *História da Literatura Brasileira — da Carta de Caminha aos Contemporâneos*, entre os "grandes nomes na ficção surgidos no Brasil após a década de 1970" (Cap. 35, pág. 900, Fundação Biblioteca Nacional, RJ).

Nicodemos Sena é um dos 81 escritores analisados pela professora Nelly Novaes Coelho, titular de Literatura da Universidade de São Paulo (USP), no livro *Escritores Brasileiros do Século XX — Um Testamento Crítico* (LetraSelvagem, SP, 2013). Pelo estilo vigoroso e temática inspirada na vida das populações marginalizadas da Amazônia (indígenas e caboclos), Nicodemos Sena já foi comparado a grandes ficcionistas brasileiros, como Graciliano Ramos, João Ubaldo Ribeiro, Mário de Andrade e Érico Veríssimo, e a importantes ficcionistas latino-americanos, como o paraguaio Augusto Roa Bastos e o peruano José María Arguedas.

O terceiro romance de Nicodemos Sena, *A Mulher, o Homem e o Cão* (2009), foi incluído entre as "78 DICAS" do Guia da FOLHA, suplemento cultural do jornal "Folha de São Paulo" (29.05.2009). Tendo nascido na Amazônia, região "periférica" em relação aos centros nervosos do capitalismo globalizado (Estados Unidos da América, Europa e, em termos de Brasil, o Sul-Sudeste do país), conviveu desde cedo com as injustiças praticadas pelas oligarquias locais contra indígenas e caboclos, do que resultou um sentimento de revolta, inicialmente vago e finalmente insuportável, que o compeliu a lançar-se contra os "homens injustos" e o Deus que parecia não se compadecer do sofrimento dos pobres.

Na cosmopolita e conflagrada São Paulo, em seu primeiro emprego na indústria têxtil no bairro do Ipiranga, conheceu gente desenraizada e "fora do lugar" como ele, fugitiva da seca do Nordeste ou da polícia, mas disposta a trabalhar e perseguir os seus ideais. No cortiço onde se recolhia após o trabalho diário e a escola noturna, conheceu "seres da noite" semelhantes aos que, mais tarde, povoariam os seus romances. Seres que se movem nas sombras (na selva amazônica ou na "selva" de asfalto) e não deixam rastro; variada e difusa fauna humana de mamelucos, cafuzos e brancos pobres, que, premidos pela necessidade e circunstâncias, veem-se convertidos em ladrões, prostitutas e, entre estes, um ou outro operário que não desiste de sonhar com o "futuro".

Com tal bagagem existencial, filosófica e humana, extraída da vida, e mais a vontade indomável de se elevar por meio do conhecimento e dos livros, Nicodemos Sena logrou entrar, em 1979, para o curso de jornalismo da Pontifícia Universidade Católica de São Paulo, onde, municiado pela literatura marxista-leninista, engaja-se no movimento estudantil e dos trabalhadores contra a miséria e a opressão impostas pelo grande capital em sua forma mais atroz (a ditadura militar implantada em 1964). Em 1981/1982, participa da campanha de criação do Partido dos Trabalhadores (PT). Em 1993, ao resolver levar a sério sua vocação de escritor, desfilia-se do PT e passa a defender uma literatura "universal, sim, compreensível a todos os homens do mundo, mas que não renegue as marcas da cultura brasileira", como afirmou numa entrevista.

Como diretor da União Brasileira de Escritores (UBE/SP) participa, em 2011, da organização do Congresso Brasileiro de Escritores realizado em Ribeirão Preto (SP).

Com o golpe político das elites de 2016, que depôs a presidenta eleita Dilma Rousseff e feriu de morte os direitos dos trabalhadores e a incipiente democracia brasileira, Nicodemos Sena, sem deixar de lado a literatura, reengaja-se na militância política, de cujo cotidiano extrai o material com que compõe o longo poema *Ladrões nos Celeiros: Avante, companheiros!*, no qual canta as dores de uma nação saqueada e afligida por aproveitadores cruéis.

LETRASELVAGEM (2007-2018)
"AUTORES E LIVROS NUTRIDOS DA BOA RAIZ"

Coleção Sentimento do Mundo (poesia):

TRATADO DOS ANJOS AFOGADOS, Marcelo Ariel. O HOMEM DESERTO SOB O SOL, Edivaldo de Jesus Teixeira. ANIMA ANIMALIS — VOZ DE BICHOS BRASILEIROS, Olga Savary. REFÚGIOS DO TEMPO, Francisco Moura Campos. LADRÕES NOS CELEIROS: AVANTE, COMPANHEIROS!, Nicodemos Sena. Próximos lançamentos: A INESPERADA MÚSICA SUBTERRÂNEA, Edivaldo de Jesus Teixeira. O TAMBOR SUBTERRÂNEO, Erorci Santana. CANTOS DE MAREAR, Luís Avelima.

Esta livro foi impresso em Janson Text, corpo 14 por 14, e impresso sobre papel Lux Cream 70 g/m2, pela Gráfica EME, Av. Brig. Faria Lima, 1080, V. Fátima, Capivari, Estado de São Paulo, Brasil, para a Associação Cultural Letr*a*S*e*lvagem, em maio de 2018.